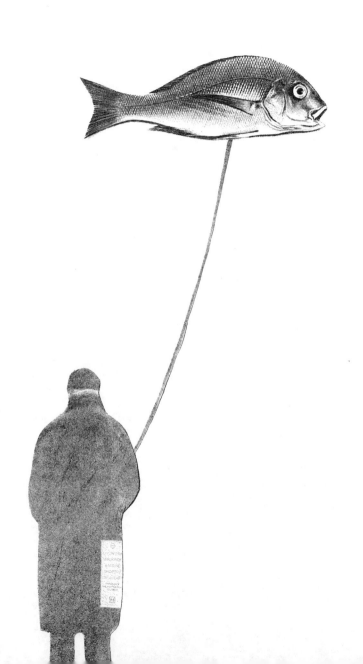

Flávia Farhat

# uma vida vida

exemplar nº 205

Curitiba
2021

capa e projeto gráfico **Frede Tizzot**

ilustrações **Flávia Farhat**

edição e revisão **Julie Fank**

este livro foi escrito e composto como resultado e a partir da proposta da oficina Escrita Criativa e outras artes, ministrada pela escritora Julie Fank na Esc. Escola de Escrita no ano de 2019.

---

F 223
Farhat, Flávia
Uma vida vida / Flávia Farhat. - Curitiba : Arte & Letra, 2021.

94 p.
ISBN 978-65-87603-11-7

1. Ficção brasileira    I. Título

CDD 869.93

---

Índice para catálogo sistemático:
1. Ficção: Literatura brasileira   869.93
Catalogação na Fonte
Bibliotecária responsável: Ana Lúcia Merege - CRB-7 4667

## Arte & Letra

Rua Des. Motta, 2011. Batel. Curitiba-PR
www.arteeletra.com.br

para a pianista e o aprendiz das ondas

Meus agradecimentos a todos aqueles que ajudaram na concepção deste projeto, seja compartilhando suas experiências pessoais de leitura ou contribuindo com ideias e impressões artístico-criativas. Um agradecimento especial a Julie Fank, por acreditar na possibilidade deste livro e pelos incontáveis encontros de escrita dentro dos últimos anos (obrigada por ter me dito, naquele dia, que as palavras ainda vão salvar o mundo); e à editora Arte & Letra, por ter confiado no conceito desta história.

1

a ordem era clara: mate a rainha    estava escuro e R. gesticulava por trás da cortina para que Caterine levasse aquele assassinato adiante    ela suspendeu a espada acima da cabeça e depois fincou sua lâmina na carne macia de G., assumindo seu papel de regicida diante daquela plateia de muitos, derramando xarope de frutas vermelhas por todo o tablado e concluindo o último ato de *a história menos provável*

aplausos impetuosos ressoaram por todo o anfiteatro; Caterine não esperou G. levantar, estava cansada de assassiná-la todas as noites pelas duas últimas semanas    passou pelas coxias desabotoando o colete de veludo e atirando-o a uma pilha de trapos, depois entrou no banheiro e jogou água gelada no rosto, sem se encarar no espelho    as cenas de *a história menos provável* se embaralhavam todas em sua cabeça, ao cabo de uma reflexão longa e sombria, articulando ideias complexas, todas ao mesmo tempo

havia uma época em que Caterine pensava muito em peixes    ela havia lido um artigo que estudava casos de depressão em espécies marinhas: se um peixe-zebra é deixado no aquário e cinco minutos depois está parado na metade inferior do recipiente, é um sinal de que está deprimido; se está nadando na metade de cima, é um sinal de que está feliz e disposto a ter novas experiências ela ficou obcecada por aquela imagem; se visse alguém na rua, imediatamente se perguntava a que altura do aquário aquela pessoa estava; se ficasse feliz, respirava com mais facilidade; se ficasse triste, sentia sufocar sua personagem em *a história menos provável* vivia mudando de profundidade; com o tempo, Caterine passou a oscilar também; uma hora estava beirando a superfície e no instante seguinte se via tocando o fundo côncavo do vidro com as barbatanas

as escadas eram muitas e ela estava com pressa, já passava das duas; ela correu pelos degraus, pensou ter cruzado com V. no caminho, mas não encontrou nada quando olhou para trás; mate a rainha, dizia sua cabeça ela fumava um cigarro atrás do outro e corria pelas plataformas da estação de metrô; detestava a de número três, porque ali estava uma fotografia sua, de peruca, dando conselhos sobre seguros de viagens, uma das muitas coisas que havia experimentado fazer na tentativa de subir alguns centímetros no aquário entrou no metrô e desceu do outro lado da Cidade, todos os seus demônios da guarda falando ao mesmo tempo; ela carregava terror e euforia, pensava no que as críticas diriam no dia seguinte, o que será que diriam sobre a regicida; haviam sido duas longas semanas e ela mal tivera tempo para dormir e comer    sua mãe dizia que apenas as pessoas tediosas não sentem tédio, porque não são capazes de reconhecer este sentimento; Caterine procurava se livrar do tédio de muitas formas e estava prestes a experimentar mais uma, quando abriu a porta verde que dizia *corvus oculum corvi non eruit* e entrou

seguiu o som das vozes no andar de cima e deu de cara com dois homens, um jovem e um velho; ela os encarou violentamente e perguntou qual deles era Jacques Miller, já sabendo a resposta, e em seguida foi deixada a sós com o mais jovem, que não parecia nada entediado, o que talvez dissesse algo sobre ele    havia muitos livros em latim nas prateleiras, ela puxou alguns volumes para dar uma olhada, parecia tudo tão calmo, ela acendeu um cigarro e travou uma conversa monótona com o homem jovem, ele fazia perguntas que ela não entendia, dizia que era errado comparecer a funerais de pessoas estranhas; Caterine queria dizer a ele que errado mesmo era matar uma rainha

Jacques retornou à sala e abriu uma caixa cheia de fotografias de família diante deles; eram momentos felizes, peixes nadando muito próximos à superfície, talvez até em alto mar, e depois uma pilha de reportagens sobre alpinismo, recortadas uma a uma e guardadas com cuidado, e o discurso funerário do homem velho atingiu a mente de Caterine como um raio, ela sabia exatamente quais palavras precisavam ser ditas, enxergava todo o propósito e toda a amplitude daquela tarefa, tinha a mais absoluta certeza de cada letra e de cada vírgula e de cada silêncio que iria compor o discurso, e compreendeu que não era ela, mas o homem jovem, quem deveria fazer aquilo, porque precisava, porque era assim que aquele ato se encerraria

Caterine soube logo de cara a que altura do aquário cada um daqueles homens nadava, e apesar de ser o velho quem estava prestes a morrer, era ele quem flutuava, enquanto o outro se debatia no fundo, sem ao menos se dar conta

# 2

Jacques Miller começou a planejar seu funeral em uma segunda-feira. Era o segundo evento mais importante que ele planejava; o primeiro, é claro, havia sido aquela festa de aniversário onde vira Dália pela última vez.

\*\*\*

É importante começar dizendo que o fato de aquela ser uma segunda-feira era o mais absoluto acaso. Jacques era cético o bastante para saber que começos universais não são nada além de uma grande tolice: ele não acreditava em segundas-feiras, assim como não acreditava em promessas de Ano Novo, em páginas em branco ou em palestras motivacionais. Como forma de reforçar essas convicções, ele também admirava outros seres vivos que pareciam compartilhar suas descrenças. As orquídeas, por exemplo, desabrocham a qualquer época do ano; não precisam esperar pela segunda-feira ou pela virada do mês. Não precisam sequer esperar pela chegada da primavera, que também é um começo universal a ser evitado, e desabrocham em épocas fortuitas, às vezes em surtos, às vezes de modo contínuo, mas sem nunca terem que aguardar pelo momento ideal para fazê-lo.

Mas aquela era uma segunda-feira, e foi assim que aconteceu.

O motivo que levou Jacques a planejar seu próprio funeral, ao invés de deixar que seus parentes se incumbissem daquilo, era tão terrível quanto ordinário: uma discussão com sua filha, onze anos antes, que acabou causando o desmembramento da família Miller e uma solidão profunda em sua vida (e agora em sua morte). Um pesar lastimável não só por sua magnitude intrínseca, mas também porque confirmava e reforçava todos os seus temores mais graves. Morrer sozinho era um receio com o qual sempre teve que lidar, mesmo na época em que tinha a esposa e a filha por perto. Por mais que encontrasse conforto na companhia da família, sua verdadeira devoção sempre esteve voltada à Ciência; e o que mais se esperaria de um botânico de oitenta e quatro anos de idade, se não que morresse sozinho e amargurado, cego pelo orgulho, em meio a orquídeas e lírios e calêndulas e eucaliptos? Que coisa, aliás.

Sua recente aposentadoria do meio acadêmico era outro fator que contribuía para aquele estado de isolação, uma vez que não mais encontrava alunos e colegas com a mesma frequência de antigamente. É claro que deixar a Academia não havia sido mais do que um ponto e vírgula em sua carreira: indicava uma nuance ligeiramente descendente, mas também sinalizava que o período ainda não havia chegado ao fim. Na verdade, agora que tinha tempo para ficar em casa, ele se dedicava às pesquisas no campo da taxonomia vegetal com mais entusiasmo do que nunca, e as espécies que se desenvolviam sob o teto de sua estufa particular cresciam com vitalidade tão espantosa que Jacques chegou a cogitar que elas, também, afligiam-se com a solidão.

Naquela manhã de segunda-feira, um sol franzino pairava sobre os telhados da Cidade. Jacques dava continuidade a sua leitura de *Latim para botânicos: volume 1*, um calhamaço de seiscentas páginas que vinha sendo, ao mesmo tempo, símbolo de aspiração e frustração em sua vida há vários meses. Qualquer botânico respeitável, entenda, deveria saber ao menos o básico do latim para compreender as nomenclaturas das espécies. Jacques estava habituado às terminologias que haviam feito parte de seu vocabulário como pesquisador por toda a vida, mas ainda sentia dificuldade toda vez em que precisava pronunciar certas palavras ou nomear suas próprias descobertas. Mais de uma vez, pensou ter ouvido seus colegas caçoando dele por causa daquilo e não queria ser ele o-botânico-que-não-podia-falar-latim, não seria ele o único a não falar, é claro que não, e então continuava estudando, e repetia as palavras em voz alta, e tentava enfiar o latim em tudo que falava *et cetera*.

*Prunus,* i, f. - a ameixeira
*Indusium,* i, n. - o indúsio
*Ramalia, alium,* n. - a ramagem
*Semen, is,* n. - a semente
*Arbor, is,* f. - a árvore

Ele revisava um capítulo sobre noções morfológicas quando foi interrompido pela campainha; há dias não ouvia aquele som podre que em outra época já havia anunciado a chegada da correspondência, e a entrega da pizza, e será que Dália pode sair para brincar, sr. Miller? Abriu uma fresta da porta, aborrecido, e depois abriu-a inteira, para deixar que Thomas Salles, um antigo parceiro de pesquisa, colocasse seus sapatos envernizados para dentro.

A que devo este prazer?, mas não sentia prazer algum.

Não é fácil entrar em contato com você. Precisei vir pessoalmente conferir se continua vivo.

*Memento mori.* Lembra-te que vais morrer. Posso oferecer uma xícara de chá?

Thomas fez que sim e o seguiu pelo corredor. Começou a falar ainda antes de chegarem à cozinha.

Venho a trabalho, como já deve ter imaginado, mas Jacques não estava imaginando coisa alguma. Estou fascinado por algo que encontrei em minha última viagem científica, e não existe ninguém melhor do que Jacques Miller para analisar uma nova espécie, disso eu sei bem. Tentei procurar outros colegas da Academia, mas nenhum deles entendeu a relevância desta descoberta. Um pouco mais de leite, por favor.

Jacques entregou-lhe uma xícara de chá de canela e noz-moscada e serviu outra para si mesmo. Uma das vantagens de submeter-se a um tratamento com plantas medicinais era ter todo o tipo de ervas terapêuticas germinando dentro de casa. Thomas continuou a falar, porque era algo que queria, e Jacques continuou a escutar, mesmo sem querer.

É diferente de tudo que eu já vi, Jacques. Em todos esses anos... Ele forjou uma pausa emocionada antes de prosseguir. Um pouco como a *Tacca chantrieri*, mas com aroma mais intenso e propriedades medicinais que ainda estão sendo testadas por nossos colegas de laboratório. Não quero me alongar muito para não criar expectativas, mas se minhas suspeitas realmente se confirmarem, o valor acadêmico dessa espécie será inestimável. E o que mais me deixa intrigado: as condições do solo não parecem afetar seu desenvolvimento. Não consigo encontrar um padrão. É como se viessem do nada.

*Ex nihilo nihil fit*. Nada vem do nada.

Essa pode ser a descoberta mais significativa da minha carreira. Lembra do que costumávamos dizer sobre a *Tacca chantrieri* e suas propriedades? E isso é ainda melhor, pode imaginar?

*Flor morcego*
*Classe: Liliopsida*
*Ordem: Liliales*
*Família: Taccaceae*
*Gênero: Tacca*
*Espécie: Tacca chantrieri*

Jacques mexeu o líquido na xícara enquanto procurava na fala do colega o que ele realmente estava tentando dizer. Thomas nunca foi um entusiasta de novas espécies ou mesmo se mostrou interessado em conversas sobre botânica: sua verdadeira vocação era para fofocar pelos corredores da universidade, o que lhe rendia fama de *persona non grata* em muitos círculos.

E onde está essa espécie magnífica de que tanto fala?

Bem, eu não poderia trazê-la até aqui, é claro.

É claro.

Está sendo analisada no laboratório neste exato momento. Significaria muito para mim se você pudesse ir até lá dar um olhada, sim? Talvez amanhã?

Aguardo uma visita importante amanhã.

Thomas levantou um olhar desconfiado. Depois, fez um gesto no ar com a mão direita como se dissesse para deixarem para lá.

Uma outra hora, então. Ele colocou a xícara na mesa e enrolou um fiapo que se soltava de seu paletó. O laboratório não é mais o mesmo depois que Álvaro morreu. Foi estranho estar lá sem ele.

E então: Você não vai acreditar no que fiquei sabendo sobre Álvaro.

Ali estava.

Ninguém foi ao seu funeral, pode acreditar? Nem um único membro da comunidade científica. Ouvi dizer que a *Espécies* ia publicar uma reportagem homenageando sua carreira, mas como ninguém apareceu, imaginaram que ele não fosse tão relevante assim e cancelaram a história toda.

*Thomas Salles*
*Classe: Mammalia*
*Ordem: Primates*
*Família: Hominidae*
*Gênero: Homo*
*Espécie: Bisbilhoteiro*

Imagine só. Todo o trabalho de sua vida descartado, e tudo por causa da falta de popularidade.

Como alguém que sobe uma escada no escuro e erra ao pensar que há ainda um último degrau, deixando que o pé afunde em uma pequena parcela de nada, enquanto o cérebro leva frações de segundo para reconstruir sua percepção espacial e processar o simples erro de cálculo, Jacques tateou nas sombras por alguns instantes até que seu cérebro decodificasse aquelas palavras com precisão.

Será que Thomas sabia de sua condição clínica? Será que a comunidade botânica havia descoberto e agora fazia apostas às custas da relevância póstuma de suas pesquisas? O que seriam das mais de cento e cinquenta espécies - algumas ainda desconhecidas, em fase de análise e classificação - cultivadas com tanta diligência na estufa particular nos fundos de sua casa? E o mais importante: o que aconteceria com a deslumbrante orquídea negra, aquela que tinha lhe rendido tamanha notoriedade como pesquisador e que há vinte e cinco anos florescia sob seus cuidados? Imaginou se iriam brigar por ela ou simplesmente descartá-la e não conseguiu decidir qual dos pensamentos o assombrava mais.

*Orquídea negra*
*Classe: Monocotiledónea*
*Ordem: Asparagales*
*Família: Orchidaceae*
*Gênero: Masdevallia*
*Espécie: Masdevallia rolfeana*

Ele sabia há muitos anos que iria morrer e quando iria morrer. Há onze anos e três meses, para ser mais preciso. Ficou sabendo de forma trivial, por meio de um exame de rotina que acabou levando a outros exames mais específicos, e a outras consultas, e a outros nomes bordados em jalecos, e, por fim, ao veredito: ele tinha A Doença. Disseram que lhe restavam cinco anos até que seu coração parasse de bater, até a morte, para ser mais preciso, e ele chorou e se desesperou, mas só por um instante, porque logo se lembrou da orquídea, e de Dália, e ele soube que seu tempo pouco importava, só importava que elas estivessem bem, cada uma em seu crescimento.

E agora A Doença estava a duas semanas de acabar com ele, mandá-lo para a cova, para ser mais preciso, e ele não via o floreio de Dália há onze anos e dois meses e vinte e nove dias, ainda que a acompanhasse de longe, como uma orquídea que só pode crescer nas montanhas, mas jamais ser tocada por mãos humanas sem ser destruída para sempre. O doutor nome-no-jaleco havia repetido os exames há alguns dias e dissera, Jacques, você é um homem de sorte, onze anos se automedicando com plantas medicinais, mas disse aquilo com pena e desconsolo, e Jacques logo entendeu que o que ele realmente dizia era onze anos se automedicando com plantas medicinais e agora você vai morrer, e então continuou, nosso tempo agora é curto, eu diria que uma a duas semanas.

Ele pensou em escrever uma carta, rabiscou e amassou várias vezes, desperdiçou árvores com tantos rabiscos e depois plantou mais algumas, mas a carta nunca saiu por completo, apenas algumas frases desesperadas de autopiedade, essas são as últimas semanas de vida de seu pai, e amassava, desculpe pelo que disse na sua festa de aniversário, mas não era bem aquilo, minhas decisões foram egoístas, e amassava. Que coisa, aliás.

Se deparava, agora, com um medo profundo de perder a segunda coisa mais importante de sua vida, já havia perdido Dália e agora perderia a Ciência, enquanto Thomas continuava ali sentado, insensível como uma rosa de porcelana, bebendo chá de canela e noz-moscada. Pensou naquelas mais de cento e cinquenta espécies e em todo o cuidado que havia dedicado a elas, o trabalho de sua vida, e decidiu que se recusava a cair no esquecimento, se recusava a ter o trabalho de sua vida despedaçado. Começou a bolar um plano para enaltecer a si mesmo em morte, para que revista científica nenhuma saísse de seu funeral pensando que ele havia sido um fracasso. *Alea jacta est*: a sorte está lançada.

É uma pena, disse Jacques, depois do que pareceu uma eternidade. Ele fingiu consultar o relógio e então se levantou, torcendo para que os neurônios espelho de Thomas o levassem a fazer o mesmo. Álvaro foi um grande botânico e um excelente chefe de laboratório. Já é tarde, meu amigo. Ainda tenho muito trabalho a fazer.

24

Naquela mesma noite, Jacques começou uma pesquisa simultaneamente mórbida e acalentadora, abrindo, de forma aleatória, páginas de serviços funerários de luxo, cerimoniais e crematórios. A palavra é a melhor forma de tributo, dizia um site que ajudava a preparar pessoas que iam discursar em velórios. E então: 5 discursos emocionantes em funerais. E então: Confira, na íntegra, o discurso de Obama no funeral de Mandela.

Sim, *quod sic*, era daquilo que ele precisava, um grande discurso em seu funeral, um palavrório de impacto, ainda que fosse forjado, Jacques Miller foi o maior botânico de seu tempo, sim, Jacques Miller inspirou profundamente seus contemporâneos, ainda melhor; visualizou fotos da orquídea negra estampando as capas de todos os jornais, talvez vendessem ingressos para visitas guiadas dentro de sua estufa particular, e sua casa viraria patrimônio histórico, sim, sua biblioteca ditando as leituras obrigatórias para universitários, que coisa, aliás; suas plantas medicinais enfim admitidas como eficazes, seu nome e sobrenome citados em bibliografias que nunca perderiam o valor, nunca seriam amassadas, rasgadas e descartadas, nunca deixariam de ocupar prateleiras em livrarias científicas do mundo todo.

E então: *Alugue um enlutado*. Jacques clicou e esperou a página carregar, estalando os dedos com impaciência, já passava das nove. Descobriu que aquela era uma empresa que recrutava pessoas para comparecem a funerais por dinheiro, quando a família do morto queria fazê-lo parecer mais popular. Encontrou as palavras "performer funerário". Riu daquilo, mas depois ficou triste. Pensou na morte e na arte. Refletiu sobre os encontros entre elas. E por que é que viviam se encontrando? Considerou Caravaggio e a Morte da Virgem. Munch e a Menina Doente. Portinari e aquela criança. E então: performers funerários no velório de Jacques Miller.

*A Morte da Virgem*
*Artista: Caravaggio*
*Criação: 1604 - 1606*
*Técnica: Óleo sobre tela*
*Período: Barroco*

Questionou se alugar um enlutado para si mesmo era bizarro demais, depois questionou o quanto se importa. Sim; nem um pouco. Abriu o catálogo de atores registrados e começou uma busca minuciosa, sem saber bem o que pretendia encontrar. Precisava de alguém que pudesse interpretar um botânico, mas isso não queria dizer muita coisa, alguém que passasse despercebido aos olhos de sua família, se é que alguém de sua família estaria lá para verificar.

*Alberto Piccolo*
*Teo Redan*
*Margareta Tavares*
*Rubem Franco*
*Pedro Milani*
*Isadora Berenguer*

Poderia passar a noite toda procurando. Segmentou para os moradores da Cidade: 137 cadastrados. Esbarrou no nome Eric Carter por acaso, mas gostou dele logo de cara. O perfil de Eric dizia que ele havia largado a faculdade de negócios para estudar teatro, que se mudara há pouco tempo e que estava desempregado. Contava tudo em sua biografia no *Alugue um enlutado*, ainda que não houvesse qualquer pergunta sobre nada disso. Jacques achou que ele poderia servir. Era jovem demais para performar um amigo de longa data sem levantar suspeitas, tinha trinta e um anos, mais jovem do que Dália era agora, mas poderia interpretar um aluno ou mesmo um admirador de seu trabalho.

A fotografia na lateral esquerda de sua ficha mostrava cabelos negros e maçãs angulosas compondo um rosto franco, sem marcas. Jacques clicou no ícone de contato e escreveu um grande texto, depois apagou, queria dizer o quanto aquilo era importante, mas não queria assustá-lo, escreveu são mais de cento e cinquenta espécies, apagou, escreveu: Olá! Me chamo Jacques. Podemos conversar?

# 3

*Um homem de chapéu tocando violino. Uma bicicleta verde caída na calçada. Um mergulhador tomando banho em um chafariz. Um garçom derramando vinho. Uma senhora de cabelos grisalhos digitando em seu computador. Um gerente de hotel dando as boas-vindas do lado de fora. Uma mulher de casaco de pele atravessando a rua. Uma figura de paletó surgindo de dentro do bueiro.*

O apartamento pequeno e tedioso no sexto andar do prédio de tijolinhos cor de âmbar era a mais recente inversão de expectativas na vida de Eric. Quando era criança, casa significava um terreno extenso de grama aparada, varanda e piscina nos fundos. Os verões eram arejados e os invernos aquecidos pela calefação que se estendia por todos os cômodos, incluindo o escritório do pai, onde Eric se entrouxava em cobertores grossos e o assistia trabalhar até tarde. Aquilo era uma casa casa. Agora, casa era um cubículo quarto-banheiro-e-sala com paredes nuas, cantos feios e roucos, janelas que não passavam de um palmo de envergadura e caixas de comida pré-cozida espalhadas pelo balcão de entrada. Aquilo era uma casa.

Pouca coisa se manteve constante entre estas duas épocas da vida de Eric. Após a morte repentina do pai, ele decidiu largar a carreira administrativa na indústria metalúrgica da família Carter - um caminho que o faria rico e infeliz em proporções muito similares - para estudar teatro, ocupando, ainda que sem querer, o clichê já desgastado do herdeiro que escolhe seguir seu próprio caminho. Uma alternativa penosa não só pelo fardo de desapontar as expectativas da mãe, que agora tocava os negócios sozinha, mas também pelo ruído financeiro que esta curva acarretava. Aquele edifício cinzento era o melhor que podia conseguir no momento, e apenas dois anos depois de rejeitar o futuro que havia sido construído para ele, Eric se tornou um adulto pobre, acostumado a ser uma criança rica, o que é sempre interessante.

Acordado?, perguntava o pai, espiando pela lateral do monitor enquanto Eric deslizava o polegar pelos nós do sofá. Em certa madrugada arrastada, o sr. Carter puxou da prateleira do escritório um livro de capa amarela e abriu sobre o colo. Já que não vamos dormir, que tal fazermos algo divertido?

Ele escolheu uma página ao acaso em seu exemplar de *Onde está Wally?* e começou a examinar. Eric gostou daquilo. Eles procuraram por Wally no espaço, no fundo do mar e nos castelos medievais, naquela noite e em muitas outras também. Uma tradição de pai e filho que perdurou por anos, atingindo níveis competitivos à medida que Eric crescia, com cronômetros e edições de colecionador.

Mesmo agora, com a porta do escritório fechada há tanto tempo, literal e metaforicamente, Eric continuava procurando conforto naquele volume de capa amarela quando não conseguia dormir. O livro, já com as páginas gastas e as ilustrações todas decifradas, era a única memória física de infância que ele mantinha no apartamento. E já que ele e o pai já haviam encontrado os personagens tantas vezes, a ponto de terem decorado cada uma daquelas ilustrações, Eric se contentava em listar os elementos mentalmente, na esperança de pegar no sono.

*Um homem negro de óculos escuros andando pela areia. Um grupo de amigos deitados tomando sol. Um vendedor ambulante equilibrando dezenas de chapéus. Um homem a cavalo carregando uma pistola. Três mulheres idosas an-*

*dando na mesma direção. Um barco à vela com uma bandeira vermelha no topo do mastro. Um homem de bigode caminhando sozinho.*

Uma notificação na tela do computador emitiu uma luz fraca e chamou a atenção de Eric. Ele esticou o braço vagarosamente, pestanejando antes de arrastar o dedo pelo mouse e abrir a mensagem. Sentiu um frio súbito na barriga, imaginando que pudesse se tratar de um comunicado da companhia de teatro. Ele havia se candidatado ao papel de Peter Trofimov na adaptação de *O Jardim das Cerejeiras* que estrearia na Cidade, e o diretor deveria entrar em contato durante os próximos dias. Aquele era um diretor diretor. Se conseguisse o papel, Eric se apresentaria para o maior público de sua vida, e - quem sabe? - teria sua primeira chance entre os espetáculos regionais.

Quando clicou na notificação, contudo, não encontrou nada sobre *O Jardim das Cerejeiras*. Ao invés disso, se deparou com uma mensagem que dizia:

Olá! Me chamo Jacques. Podemos conversar?

Um minuto inteiro foi necessário para entender da onde vinha aquilo, especialmente porque Eric não conhecia ninguém de nome Jacques. Quando por fim compreendeu, não pôde evitar de se sentir decepcionado. Esperava uma mensagem de um diretor diretor, mas, na verdade, estava sendo solicitado para vestir roupas pretas e chorar no funeral de alguém que não conhecia.

Ele tinha ouvido sobre o *Alugue um enlutado* pela primeira vez meses antes, quando alguém no grupo de teatro tivera a ideia de listar as várias maneiras como uma pessoa pode se humilhar por dinheiro. Àquela altura da vida de Eric, o conceito de humilhação havia se tornado bastante flexível, e ele não achou que ser pago para comparecer a um funeral fosse uma questão particularmente traumática para o seu ego. Naquela mesma tarde, fez cadastro no site, adicionou uma foto de perfil e uma biografia de apresentação. Depois desligou o computador e não pensou mais naquilo.

E agora a mensagem piscava na tela, batendo em sua cara com as palavras. Ele escreveu:

Olá, Jacques. Sinto muito pela sua perda. Estarei livre para conversar amanhã.

Depois encarou o teto por vários minutos e tentou convencer a si mesmo de que aquela também era uma forma digna de atuação. Poderia ser arte? Quem era ele para dizer que não? E então dormiu.

\*\*\*

A placa dizia: *Corvus oculum corvi non eruit.* Estava pregada à porta de entrada de um casarão pintado de verde, em tonalidades desiguais que sugeriam que alguém inexperiente havia feito o serviço às pressas. Era uma casa de pé direito alto e vidraças com a estatura de portas, espalhadas por três andares, convidando a luz do dia a jorrar para dentro. Duas longas fileiras de arbustos ornamentais criavam um caminho que conectava o jardim à varanda, abrindo passagem em meio a dezenas de plantas excêntricas com variações de cores e tamanhos. Um imenso urso esculpido em grama, com cerca de três metros de altura, sobressaía entre os arbustos simulando um ataque selvagem bizarro e sem contexto. Eric tocou a campainha e esperou.

Um homem muito velho, vestindo suéter de lã azul-marinho e óculos de aros ovais, abriu a porta e o avaliou com olhos graves. Eles ficaram em silêncio por alguns segundos; Eric sentindo a presença do majestoso urso de grama alguns metros atrás dele, como se o intimidasse. O homem fez um gesto para que ele entrasse.

O senhor deve ser Jacques. Eric estendeu-lhe a mão enquanto passava pela porta.

O interior da casa fazia jus à singularidade do jardim. Corrimões de madeira polida cor de caramelo erguiam-se pelos andares e davam margem a uma elegante escadaria de degraus largos, com um tapete verde-musgo derramado por toda sua extensão. Nas paredes, pinturas impressionistas preenchiam molduras caras, intercaladas a espelhos e tapeçarias bordadas à mão. Uma porta dupla com acabamento diagonal dava acesso aos fundos da casa, onde uma estufa de vidro ocupava toda a extensão do quintal de proporções generosas.

Eric tentou calcular quantos apartamentos-cor-de-âmbar seriam necessários para preencher todo aquele espaço. Ele e Jacques andaram até o quintal e pararam do lado de fora da estufa.

*Ecce homo*. Eis o homem, disse Jacques. Este é meu local de trabalho. Sou um biólogo, e minha pesquisa vai muito bem, obrigado, e pretendo que permaneça assim depois que eu partir, em especial a orquídea negra, mas falaremos dela mais tarde.

Eric ponderou algumas coisas. Entre elas, que estivesse na casa errada.

Desculpe, sr. Miller. O senhor esqueceu de me dizer de quem é o funeral.

Meu, é claro.

Perdão?

Será em cerca de duas semanas, *a priori*. Preciso que esteja pronto para fazer um discurso realçando minhas contribuições para a botânica. Para sua sorte, não vai precisar inventar coisa nenhuma, já que realmente fiz muito. Cuido da orquídea negra há vinte e cinco anos, por isso é essencial que ela caia nas mãos certas depois que eu partir. Depois que eu morrer, para ser mais preciso.

O senhor está doente?

Estou muito doente há muito tempo. Não precisa se comover. Já vivi mais do que imaginava, e só o que importa é que minha memória seja preservada dentro da narrativa científica. Ele falava sério. Venha, por favor.

Eric o seguiu para dentro da estufa que se estendia por pelo menos trinta metros até encostar no muro que delimitava o final do terreno. Um corredor de orquídeas amarelas, enfileiradas em vasos de plástico, contornava a longitude como um faixa policial que isola a cena de um crime. Do teto, plantas coloridas pendiam de vasos em todas as direções, e cinco longas fileiras de flores ligavam uma extremidade da estufa à outra. Em uma estrutura de madeira na lateral direita, eucaliptos; valerianas; carquejas; ervas-cidreiras e calêndulas exalavam uma mistura de aromas frescos.

Jacques conduziu um breve passeio pelo local, nomeando plantas e citando aleatoriedades sobre as espécies que cultivava. Nos países orientais, a calêndula representa medo e desespero, disse ele em certo ponto, e depois passou a mencionar uma porção de nomes em latim.

Eles andaram pela estufa até que todos os corredores tivessem sido percorridos, parando em pontos específicos para que Jacques pudesse fazer suas observações. *Costus spiralis*. Se não souber o nome dessa, não vai conseguir enganar ninguém. Eric andou atrás dele por uma numerosa fileira de tulipas e depois cruzou uma plantação de botões macios e azulados. Estava impressionado com a diversidade que os envolvia, e acima de tudo, pensava como um homem de oitenta e quatro anos, à beira da morte, tinha disposição para tomar conta daquilo tudo sozinho. À altura em que passaram pela última ala de plantas - um corredor de hortênsias intercaladas com folhas muito altas e simétricas -, Eric estava tão encantado quanto desconfiado.

Quando saíram da estufa, foram à sala de estar para uma xícara de chá. O discurso de Jaques era uma digressão pueril e sem propósito. Repetiu várias vezes o motivo de estar fazendo aquilo, como se estivesse levemente perturbado por precisar se colocar naquela situação, e depois decidiu que a melhor ideia seria que Eric se passasse por um admirador do seu trabalho. Um aspirante a botânico, em suas palavras.

Assim, se cometer alguma gafe científica, é só dizer que ainda está no começo da carreira.

Eric assentiu. Estava horrorizado com a tranquilidade com que aquele homem lidava com a própria morte. Considerando o tamanho da casa, era bem possível que Jacques pagasse uma bela quantia pelo serviço, pensou. Depois ficou constrangido com o próprio raciocínio e listou alguns elementos de *Onde está Wally* em sua cabeça.

E então?, disse Jacques de repente, transformando o monólogo em diálogo sem aviso prévio. Acha que pode fazer o discurso?.

Eric decidiu ser honesto honesto.

Não sou um bom escritor, sr. Miller. Talvez, se o senhor mesmo escrever o discurso, eu tenha mais confiança de que estarei falando as palavras certas quando o momento chegar.

Jacques triturou farelos de torrada entre o polegar e o indicador.

Besteira. Não posso escrever meu próprio discurso. Não é assim que pretendo ocupar o fim da minha vida. Além disso, não precisa se preocupar em usar palavras bonitas; o importante é falar das minhas conquistas. Fale da orquídea negra, ouviu bem? Ele parecia ter voltado ao monólogo. Você não vai fazer tudo sozinho. Contratei outra pessoa para ajudar. Se acontecer alguma coisa e você estragar tudo, ela estará por perto.

Ele consultou o relógio em seu pulso e balançou a cabeça. Depois, passou a listar nomes de parentes e colegas botânicos que poderiam aparecer no funeral.

Você não precisa fingir que os conhece, mas é de bom tom que saiba quem são. Pensando bem, diga que conhece o professor Antero. Ele é um velho confuso demais para desconfiar de alguma coisa.

O senhor tem filhos, sr. Miller?

Jacques pestanejou.

Ela não vai estar lá, então não precisa se preocupar com isso.

Como sabe que não vai estar lá? Não acha que eu deveria saber seu nome, por via das dúvidas?

Você tem filhos?

Não.

Se tivesse, saberia que não há via das dúvidas. A via das dúvidas foi fechada há muitos anos. A via das dúvidas foi vítima de um desmoronamento e teve sua passagem bloqueada para sempre.

Desculpe, não entendi.

Ela não vai estar lá.

Eric sentiu seus ombros pesados de repente.

E então? Vai fazer o discurso ou não?

Vou fazer.

*Alea iacta est.* A sorte está lançada!

***

Acompanhada por uma corrente de ar frígida e cortante, que lhe escapava pelos vãos dos dedos e emaranhava os fios curtos de seus cabelos avermelhados, uma mulher entrou na sala sem ser anunciada. Jacques derrubou um pouco do chá no sofá e murmurou alguma coisa em latim. Ela vestia um sobretudo preto com botas amarradas na altura dos joelhos, e alguma coisa em sua expressão fazia com que Eric não soubesse se ela estava prestes a esfaqueá-los ou a servir uma xícara de chá. Sua presença carregava tamanha assertividade que, em qualquer dos casos, Eric aceitaria.

Qual de vocês é Jacques Miller?

Olá, Caterine. Sou Jacques Miller. Obrigado por vir. Esse aqui é Eric Carter. Jacques fez um gesto curto com o braço. Ele pode ajudá-la com as orientações sobre o dia do funeral. Vou buscar os documentos.

Jacques saiu da sala e Caterine passou a andar pelas prateleiras de livros encostadas na parede, apanhando alguns volumes em latim e depois colocando-os de volta sem dizer nada. Eric achou sua aparência familiar, o que era estranho, uma vez que ela não parecia ser alguém que frequentaria qualquer lugar em que ele já houvesse pisado. Ela acendeu um cigarro e encarou Eric com desinteresse por alguns segundos.

Então você também faz parte do *Alugue um enlutado*, disse Eric de improviso. Estou me sentindo um pouco desconfortável, para falar a verdade. Enganar os parentes do sr. Miller dessa maneira. Você já fez isso antes?

Sim. Ela soprou a fumaça para cima e observou o teto.

Talvez você devesse fazer o discurso, então. Não sou bom com palavras. Eric se animou de repente.

Caterine tirou mais um livro da estante.

Não escrevo discursos. Sou atriz.

Eu também sou ator. Talvez não um ator ator, ainda. Você está na companhia de teatro da Cidade?.

Ela franziu os olhos.

Não.

44

Certo. Ele deslizou o polegar pelos nós do sofá, exatamente como fazia quando ficava assistindo seu pai trabalhar. Bem, vai ser legal ter alguém conhecido no funeral. Não legal legal, é claro. Só menos estranho.

Por que seria estranho?.

Eric encolheu os ombros.

Você não acha estranho ir ao funeral de alguém que não conhece?

Se é o que ele quer.

Ele estava pensando em alguma coisa razoável para responder quando Jacques entrou na sala carregando uma caixa atulhada de papéis e largou sobre a mesa de centro. Eric se sentiu fisicamente aliviado.

*Hic et nunc.* Aqui e agora. Minha vida em uma caixa. Que coisa, aliás.

Passaportes, diplomas de universidades e fotografias amareladas transbordavam e se espalhavam pela superfície de mármore da mesa. Uma árvore genealógica ilustrada conectava Jacques a várias pessoas, para cima e para baixo, através de setas pretas delineadas com caneta permanente.

O senhor já foi casado?. Eric analisou a fotografia de uma mulher sorridente com os braços ao redor da cintura de Jacques.

Esta é Isabel, minha amiga mais antiga. Somos divorciados. Já fomos casados, para ser mais preciso.

Havia um protagonismo óbvio em um dos membros da família Miller. Uma garotinha de cabelos castanhos claros e bochechas salteadas de sardas aparecia em nove a cada dez fotografias, sorrindo ao lado de Jacques, escalando árvores, nadando em lagos ou brincando em praias monocromáticas. Em uma das fotografias, ela aparecia escondida entre os ramos da escultura animalesca no jardim, deixando à mostra apenas a cabeça, que surgia por baixo dos braços do urso de grama e estampava um sorriso cândido.

Na pasta seguinte, a mesma menina aparecia mais velha, com quinze ou dezesseis anos, nas mesmas praias monocromáticas, mas ao invés de fazer castelinhos de areia, lia revistas ao lado da mãe e tomava limonadas em copos de plástico. Jacques envelhecia ao lado dela, e a menina mudava o jeito de sorrir, e clareava a cor dos cabelos e escurecia a paleta de cores dos olhos; Jacques com a mão em seu ombro; a menina se tornava mulher na delonga de uma virada de página no álbum de fotos, e a pressa de Eric em chegar ao fim da história acelerava a infância da menina, encurtava-lhe a adolescência e a fazia adulta no instante de um gesto.

O trabalho que documentava a vida da menina deixava de ser autoral em seus últimos capítulos, dando lugar a uma série de recortes de jornais que citavam seu nome. Ela havia crescido e se tornado uma alpinista, e agora, ao invés de árvores no quintal de casa, escalava montanhas ao redor do mundo. Cada um de seus feitos grifados e arquivados dentro da caixa de documentos que Eric e Caterine examinavam em silêncio.

## A HISTÓRIA POR TRÁS DO RECORDE
A montanhista Dália Miller (32) escalou, nesta última quinta-feira, o monte Hilllake pela décima quinta vez. Dália escalou os 5.600 metros pela rota noroeste, acompanhada por uma equipe de onze alpinistas e assistentes.

E:

DÁLIA MILLER ESCALA A SERRA DAS AGULHAS E ESTABELECE SUA DÉCIMA MONTANHA DE 5.000 METROS EM DOIS MESES

A recordista mundial Dália Miller completou um total de dez montanhas de 5.000 metros no período de dois meses, dando continuidade ao projeto que visa instalar cordas para que alpinistas menos experientes possam escalar montanhas de alto risco.

Dália aparecia na fotografia com um par de óculos de proteção na testa e uma jaqueta corta-vento vermelha cobrindo o corpo. Ela tinha os mesmos olhos entendidos de Jacques, mas os dela refletiam juventude e desafio.

Está na hora de irem, disse Jacques de repente, levantando-se. Estou esperando uma visita. Podem levar a caixa para olharem com mais calma. Ele virou para Eric e disse: Mais uma coisa.

Jacques subiu as escadas tão depressa quanto um homem de oitenta e quatro anos poderia e voltou com um vaso de argila cuidadosamente carregado nas mãos.

A orquídea negra, disse Eric.

Talvez fosse a expectativa criada sobre aquele momento, mas a orquídea era, de fato, deslumbrante. Suas pétalas eram negras como carvão e as sépalas vermelho-vinho desenhavam formas côncavas de simetria perfeita. Dentro do vaso, cascas de pinus e fibras de coco se misturavam à terra úmida e nivelavam o caule em sua gênese.

Não se esqueça dela, disse Jacques, manso. Por favor.

Eric assentiu, uma sombra de responsabilidade passando por seus olhos. Ele e Caterine atravessaram o extenso jardim sem dizer nada, passando pelo urso de grama e depois pelos portões cobertos de plantas trepadeiras.

# 4

Dália,

Demorei muitos anos para juntar as palavras certas e fazer com que compreendesse; nem sei se irá compreender, mesmo agora, que já estou morto e nossos desentendimentos fazem parte de um mundo que não mais existe. Um mundo em que você e eu sonhávamos escalar montanhas e encontrar novas espécies, você as encontraria e eu as cultivaria, e seríamos assim, uma dupla, um pai e uma filha, seríamos assim. Tenho o mais sincero entendimento dos motivos que a levaram a desistir desta aventura que concebíamos mesmo antes de que ela iniciasse. Vejo que minha decisão de desistir de mim mesmo repercutiu também na sua tendência em desistir de muitas coisas, mas nunca do que era verdadeiramente importante, nunca das montanhas e das subidas e das cordilheiras, você modificou nossos planos, e mesmo assim fez com que eles fossem mais bonitos do que nunca.

Há muitas coisas de que você precisa saber: uma delas é que, quando eu tinha quinze anos conheci Isabel, ela era uma força magnética morando ao lado da casa dos meus pais, éramos vizinhos, eu podia sentir sua energia vibrando através das paredes, dias e noites, eu sempre tentava fazer ela rir, apesar de tudo o que ela vivia, apesar dos gritos que também vibravam através das mesmas paredes, havia tanto medo naquela época, eu passava as madrugadas acordado querendo ajudá-la, mas não podia, e a traía por isso. Comecei a colher flores para ela no caminho da escola para casa, apanhava tudo que encontrava, margaridas, jasmins, lírios, orquídeas eram suas preferidas, nas noites em que os gritos eram mais altos eu colhia dezenas delas, Isabel me abraçava por horas e fazíamos a lição de casa, conversávamos sobre sair dali e sobre todas as realidades paralelas nas quais deveríamos ser artistas e dançarinos e pessoas felizes.

Tinha dezessete anos quando enfrentei o pai de Isabel pela primeira e única vez, ele estava muito embriagado, bêbado, para ser mais preciso. Entrei na casa e avancei nele, ainda que eu fosse muito menor, brigamos como duas pessoas que se conhecem, ainda que não nos conhecêssemos, ele quebrou garrafas em cima de mim, mas consegui escapar e levar Isabel comigo pela mão, e corremos por minutos e horas e dias, e não paramos de correr por um bom tempo até que tudo atrás de nós fosse fumaça. Quando cansamos de correr, era hora de conceber uma família, decidimos fazer isso juntos,

*Isabel engravidou, isso foi muitos anos depois das garrafas quebradas e das palavras ecoando pelas paredes, mas ela ainda tinha a mesma força magnética e conseguiu passar isso a você. Vi você nascer e quis tanto protegê-la, e alguns anos depois começamos a falar das montanhas e das flores e você foi perfeita, mas Isabel e eu não mais corríamos juntos, Preciso ir embora daqui, ela me disse um dia e eu só me importava com você e com a ciência naquela época, trabalhava tanto, cultivava plantas e matava o amor de Isabel pela raiz, essa sempre será minha ironia e meu pesar.*

*Ela me deixou em uma segunda-feira, de todas as pessoas no mundo, pensava que ela seria a última a apelar para um começo universal, mas aquela era uma segunda-feira, e foi assim que aconteceu. Todos os ciclos são importantes, Isabel disse, e me entregou a orquídea negra nas mãos. Continuamos amigos, eu me apoiei na ciência porque era tudo que conhecia, Isabel e eu nunca paramos de trocar cartas e eu nunca deixei de sentir sua vibração nas paredes, ela trazia você todos os dias para que eu pudesse ver minha filha, e tudo aconteceu como deveria, desde o começo, desde que colhi os primeiros lírios depois da escola até o momento em que ela me entregou a orquídea, um ciclo perfeito, um ciclo completo.*

*A história da minha vida é também a história da sua, as pétalas da orquídea negra são artérias do seu corpo e fios dos seus cabelos. Espero que um dia possa fazer as pazes com as decisões que tomei naquela festa de aniversário, e com as minhas desistências, e com o meu amor.*

*Com carinho,*

*Seu pai.*

\*\*\*

Oliver tocou a campainha de uniforme de futebol e chuteiras limpas. Ele entrou correndo pela sala quando Jacques abriu a porta, atravessou tapetes e corredores e gritou um abafado Olá, vovô, enquanto vestia luvas de borracha do lado de dentro da estufa. Há algumas semanas, ele vinha trabalhando em um projeto pessoal de desenvolvimento do solo para calêndulas que insistiam em murchar, e ainda que houvesse acidentalmente assassinado várias delas durante o processo, estava fazendo um trabalho impressionante para um botânico de onze anos.

*Calêndula*
*Classe: Angiospérmicas*
*Ordem: Asterales*
*Família: Asteraceae*
*Gênero: Calendula*
*Espécie: C. officinalis*

Jacques colocou uma bandeja de biscoitos de gengibre no galpão da estufa e apanhou seu exemplar de *Latim para botânicos: volume 1*. Depois sentou em uma cadeira de armar, colocada próxima suficiente de Oliver para que fosse possível enxergá-lo jogando terra para fora e fazendo anotações com giz de cera colorido.

*Oliver Miller*
*Classe: Mammalia*
*Ordem: Primates*
*Família: Hominidae*
*Gênero: Homo*
*Espécie: Neto*

As visitas de Oliver aconteciam sempre às terças-feiras, na hora do treino de futebol, um esporte que ele detestava, e assim suas chuteiras estavam sempre brilhantes e secas e suas unhas sempre cheias de terra. Eles mantinham aqueles encontros em segredo há dois anos, desde o dia em que se viram pela primeira vez, O Melhor dos Dias, na opinião de Jacques, quando Oliver tocou a campainha fazendo esforço para alcançá-la. Tinha só nove anos na época, os cabelos claros na altura do pescoço e um envelope nas mãos, uma das muitas cartas que Jacques escrevera à Dália, encontrada por Oliver no quarto da mãe.

Meu nome é Oliver, disse ele na ocasião, as mãos gordinhas apertando o envelope com força, e continuou, Sou seu neto. Jacques chorou de felicidade pela primeira vez, estava segurando uma caixa cheia de hortênsias, Você gosta de flores, Oliver?, perguntou, e foi logo abrindo a porta para que ele entrasse. Você mandou essa carta para minha mãe, disse Oliver, mostrando o envelope, e Jacques fez que sim com a cabeça, e não importava que a carta nunca fosse ser respondida, porque já havia cumprido um objetivo mais nobre do que qualquer outro envelope em toda a eternidade, mesmo sem querer. Oliver se apaixonou pelas flores na estufa e Jacques se apaixonou por Oliver. Queria dizer a Dália que ela era extraordinária, que havia gerado a criatura mais fascinante do universo, que coisa, aliás; e que ele era tão grato por aquilo, mas teve que prometer a Oliver que nunca o faria, que nunca destruiria o segredo deles, Jacques já havia destruído tantas coisas antes, não tinha forças para decepcionar mais ninguém, e levou o segredo adiante, por Oliver, por ele mesmo, por Dália.

*Querida Dália,*

*Oliver veio me visitar hoje na hora do treino de futebol. Não se preocupe, ainda moro na mesma casa a dois quarteirões do colégio, e sempre o acompanho até a estação de metrô quando ele vai embora. Ele detesta esportes, aliás.*

Mas amassava e jogava fora, mentia em troca da companhia de Oliver, faria qualquer coisa por mais um minuto em que pudesse assisti-lo fuzilando calêndulas, matando-as encharcadas, derrubando vasos no chão, nunca dizia nada sobre isso, seu orgulho era incondicional, até que Oliver começou a melhorar, aprendeu a preparar o solo e a regar com cuidado, e as calêndulas cresceram, e Oliver cresceu.

*Querida Dália,*
*Oliver está chateado por causa de uma briga que vocês dois*

*tiveram ontem à noite. O que quer que seja, ele está arrependido, e seu mau humor está matando minhas calêndulas.*

Jacques decidiu contar à Isabel sobre aqueles encontros, estava desesperado para falar com alguém e sabia que ela não diria uma única palavra, não seria capaz de entregá-los, ela nunca havia se intrometido nas desavenças dele com a filha, mesmo quando ele implorava que ela o fizesse. É mesmo um garoto especial, disse Isabel sem fazer julgamentos, era o que Jacques mais gostava nela, e por um momento eles correram juntos de novo, falaram de Oliver por horas, tomaram chá, se despediram e foram para casa, cada qual em um lado diferente da Cidade.

Jacques aproveitou a imersão de Oliver no crescimento das calêndulas e decidiu montar uma lista de exigências para seu funeral, algo que entregaria a Eric na próxima vez em que o encontrasse. Apoiou uma folha em branco na contracapa de *Latim para botânicos: volume 1* e escreveu:

Jacques Miller é contra a comercialização de espécies. Favor utilizar apenas plantas doadas por estufas particulares ou colhidas adequadamente para ornamentar o funeral.

E como não conseguiu pensar em mais nada importante para acrescentar, dobrou a folha ao meio e guardou no bolso do paletó.

# 5

*É difícil elogiar qualquer homem expressando em palavras não apenas os fatos e as datas que fazem uma vida, mas a verdade essencial de uma pessoa - suas alegrias e tristezas particulares; os momentos de silêncio e as qualidades que iluminam a alma de alguém. É ainda mais difícil quando se trata de um gigante da história, que moveu uma nação ao caminho da justiça, e no processo mobilizou bilhões em todo o mundo (...)*

*Mandela nos ensinou o poder da ação, mas ele também nos ensinou o poder das ideias; a importância da razão e argumentos; a necessidade de estudar não só aqueles com quem você concorda, mas também aqueles dos quais você discorda. Ele entendia que as ideias não podiam ser contidas por muros de prisões, ou extintas pela bala de um atirador (...) E ele aprendeu a linguagem e os costumes do seu opressor para que um dia ele pudesse melhor transmitir a ele como nossa liberdade depende dele (...)*

*E ele entendeu os laços que unem o espírito humano. Tem uma palavra na África do Sul - Ubuntu - uma palavra que captura o maior presente de Mandela: sua ideia de que todos somos ligados de uma maneira invisível aos olhos, que há uma unidade na humanidade, que entendemos a nós mesmos ao compartilharmos com outros e ao nos importarmos com aqueles à nossa volta.*

*As questões que enfrentamos hoje - como promover a igualdade e a justiça; como defender a liberdade e os direitos humanos; como acabar com o conflito e a guerra sectária - não têm respostas fáceis. Mas não havia respostas fáceis na frente dessa criança nascida na Primeira Guerra Mundial. Nelson Mandela nos lembra que tudo parece impossível até que seja realizado. A África do Sul mostra que é verdade. A África do Sul mostra que podemos mudar, que podemos escolher um mundo que não seja definido por nossas diferenças, mas por nossas esperanças comuns. Podemos escolher um mundo não definido pelo conflito, mas por paz, por justiça e por oportunidade.*

*(...) E que alma magnífica era. Vamos sentir falta dele profundamente.*

Eric apertou um botão no controle remoto para pausar o vídeo, sentindo que o desespero da conjuntura o envelhecia algumas décadas. Ele havia passado as últimas três noites em claro, estudando formas de sintetizar no papel a vida de um homem que não conhecia, a fim de sensibilizar pessoas que, muito certamente, solucionariam aquela farsa em uma fração de segundo. Uma leitura atenta aos documentos de Jacques mostrava que suas contribuições para a botânica haviam sido profundas, levando Eric a pensar que o discurso expressava mais um capricho do ego do que uma tarefa efetivamente necessária.

Os efeitos colaterais daquelas noites tensas e mal dormidas envolviam, entre outros fenômenos, a sensação pungente de uma melancolia que misturava solidões diferentes e ao mesmo tempo tão parecidas; a de um homem sozinho à beira da morte e a de um jovem sozinho à beira da vida. O apartamento-cor-de-âmbar agora era um recipiente de café passado e comida chinesa embalada para viagem; as caixas de frango agridoce aromatizando o quarto e atordoando os sentidos. Biscoitos da sorte espalhados pela bancada da cozinha o insultavam carregando frases muito melhores do que as que ele era capaz de escrever; proferiam mensagens espirituosas e o lembravam do péssimo escritor que ele era.

HÁ UM PROSPECTO DE UM TEMPO EMOCIONANTE A SUA FRENTE, disse um biscoito.

Tendo se dado conta de que estava sozinho, sem amigos ou família com quem contar, Eric despertou para um sentido de urgência em reverter a própria realidade; algo que o fez visitar sua mãe mais vezes naquela semana do que no resto do ano inteiro. Essa recente reaproximação acalmou, ainda que momentaneamente, uma angústia que vinha tomando forma há vários meses, e que havia sido potencializada pelo vislumbre de uma morte solitária como a de Jacques.

DEFEITOS E VIRTUDES SÃO APENAS DOIS LADOS DA MESMA MOEDA, disse outro biscoito.

Seus rascunhos sempre começavam do mesmo jeito. Ele enaltecia as pesquisas de Jacques o melhor que podia, depois passava um ou dois parágrafos acrescentando elogios inventados sobre sua honestidade e firmeza moral, ainda que, de modo algum, tivesse qualquer base para declarar coisas como aquelas.

SEJA ORGULHOSO, PORÉM TOLERANTE E GENEROSO, aconselhou o décimo biscoito convocado para a conversa.

Ele enchia páginas com chavões tão constrangedores que, a certa altura, passou a temer que a comunidade científica cancelasse a homenagem a Jacques Miller não pela falta de um discurso, mas por sua ocorrência. Quem sabe, pensou, poderia fazer um painel com todos os documentos e recortes que corroboravam a importância daquelas pesquisas e simplesmente largar no local do velório, evitando maiores embaraços.

Ao final de dez dias, decidiu que precisava de ajuda. Estava cansado e abatido, como se fosse ele quem caminhava na corda bamba entre a vida e a morte. Atravessou os jardins suntuosos da mansão Miller com indiferença olímpica, passando direto pelo urso de grama e tocando a campainha repetidas vezes. Um desespero súbito cortou seu estado de apatia e o fez empurrar a porta de entrada com o ombro, invadindo a sala de estar de Jacques e tateando em volta com olhos esmaecidos. Estava tudo do jeito que ele lembrava: os corrimões de madeira polida, a escadaria larga, as tapeçarias e os espelhos. Sentado no sofá, com as pernas cruzadas e as mãos agarradas a um livro de capa dura, estava Jacques, fitando com perplexidade o rosto alarmado de Eric.

Pensei...

Pensou que eu estava morto.

Eric murmurou um pedido de desculpas. Agora que estava ali, sua visita parecia inadequada e sem propósito. Estava prestes a perturbar um homem doente em busca de um norte para a tarefa que havia sido designado a cumprir. Pensava que, talvez, se tivesse um pouco mais de convivência com Jacques; se visse como ele se portava e com o que ocupava seu tempo, escrever sobre ele se tornaria mais fácil. Queria perguntar o que um homem solitário fazia morando em uma casa com tantos cômodos; e se ele estava tão doente, por que não estava internado, mas achou melhor se contentar com as informações que Jacques escolheu colocar na caixa de sua vida, ao invés de buscar pelas que haviam ficado de fora.

Eles fizeram companhia um ao outro por algumas horas, conversando na sala de estar como velhos amigos, e Eric sentiu sua ansiedade acalentar um pouco. Uma atividade cerebral inconsciente o fazia memorizar frases aleatórias ditas por Jacques, na expectativa de encontrar uma citação capaz de encorpar suas ideias. Os biscoitos da sorte continuavam soprando vozes em seus ouvidos e o puxavam de volta para a tentação de escrever um texto composto por frases feitas, oferecendo um remédio fácil para aquele estado febril de incompetência.

OLHE EM VOLTA; A FELICIDADE ESTÁ TENTANDO ALCANÇÁ-LO.

O SUCESSO É UMA VIAGEM, NÃO UM DESTINO.

NUNCA SE PERDE O QUE VERDADEIRAMENTE SE POSSUI.

ATÉ AS TORRES MAIS ALTAS COMEÇARAM NO CHÃO.

TERMINADA A DECADÊNCIA, INICIA-SE O PROGRESSO.

Sentiu náusea. Decidiu acabar com aquilo ali mesmo e deixar que aquele homem morresse sabendo a verdade sobre o fracasso inevitável que seria seu funeral. Jacques saiu para ferver mais água para o chá e Eric decidiu que contaria a verdade quando ele voltasse.

Enquanto esperava, seu olhar foi casualmente atraído para uma cômoda de estilo gótico no canto da sala. Uma das gavetas, a mais de cima, estava entreaberta e deixava folhas de papel sulfite escaparem para fora, faltando muito pouco para que o conteúdo transcendesse e se esparramasse pelo chão. Certificando-se de que estava sozinho, Eric caminhou cauteloso até a cômoda e pegou a folha no topo da pilha, desamassando-a gentilmente com os dedos. Correu os olhos pelo texto manuscrito, depois pegou outra folha, leu com atenção, olhou em volta e voltou a sentar no sofá.

Depois caminhou mais uma vez até a cômoda, retirou todas as folhas da gaveta, guardou-as em sua mochila e foi embora.

# 6

Existem cerca de 25 mil espécies de orquídeas distribuídas pelo planeta. Com exceção da Antártida, onde as temperaturas são tão baixas que tornam impossíveis as condições de vida, todos os outros continentes são lares infindáveis de orquídeas.

A primeira vez que Dália escalou o Maciço Vinson, ápice vertical do continente antártico e oitava montanha mais alta do mundo, Jacques interpretou como um ataque profundamente pessoal. Ele havia passado a vida toda dizendo a Dália que aquelas geleiras eram seu lugar menos favorito no planeta, e apenas três meses depois da briga que causou o distanciamento da família Miller, descobriu, por meio de uma nota de rodapé no jornal, que havia sido confrontado pela filha da maneira mais irritante e criativa que poderia imaginar. Para que servem os filhos se não para derrubar impérios; pensou na época, mas recortou a notícia e colou em seu álbum mesmo assim.

\*\*\*

Era o vigésimo nono aniversário de Dália. Jacques vinha planejando uma surpresa há algumas semanas, não era muito bom em festas, mas imaginou que daria conta daquilo, abriu as portas e janelas para deixar a casa ventilar, espalhou flores por todos os cantos, assou uma torta de cogumelos e comprou garrafas de vinho, certificou-se de que tudo estivesse no lugar, telefonou para Isabel e para os amigos de Dália, ainda que não conhecesse muitos deles, tomou dois banhos, estava nervoso, precisava contar a ela que tinha A Doença, sabia daquilo desde o dia anterior, precisava contar a ela e a Isabel, tinha que garantir que cuidariam da orquídea negra quando A Doença o levasse, quando as flores começassem a murchar, para ser mais preciso.

Tocaram a campainha por volta das quinze horas. Olá, senhor Miller, o senhor parece bem; mas não estava, os amigos não paravam de chegar e Isabel com seu vestido azul, a mesma cor que ele havia escolhido para os balões, também havia orquídeas azuis pela sala, ele gritou com um homem que tentou entrar na estufa, Fique longe daí, disse, e foi buscar a torta de cogumelos no forno.

Dália entrou na sala às dezesseis horas e doze minutos; não dez, nem quinze, mas doze, ela não precisava de começos universais, simplesmente cruzou a porta da casa onde havia crescido, é claro que estava feliz, e a felicidade durou uma eternidade, a felicidade durou quinze minutos. Jacques estava na cozinha servindo torta, desconhecidos subiam e desciam as escadas, ele rezava para que não encontrassem o esconderijo da orquídea negra, pensava ter escondido muito bem, mas festas o deixavam ansioso, ele não conhecia aquela gente, não sabia o que queriam, desejou que fossem embora. Que coisa, aliás.

A cozinha ficou muito silenciosa de repente, Dália surgiu e perguntou o que ele queria contar a ela, mesmo sem que ele dissesse que queria contar coisa alguma, ela o conhecia tão bem, Isabel estava no cômodo ao lado, Jacques sabia disso porque podia sentir sua vibração ecoar pelas paredes. Três orquídeas murcharam no tempo que levou para que Jacques quebrasse o silêncio, Eu tenho A Doença, ele disse, por fim. Dália queria colocá-lo no carro e levá-lo ao médico, fazer com que ele parasse de cortar fatias de torta, para ser mais preciso, mas Jacques não se moveu, *memento mori*, lembra-te que vais morrer, ela perguntou quanto tempo, ele disse tempo suficiente.

Por favor vá a um médico, ela disse. E então: Podemos pagar pelo tratamento. Jacques mencionou eucalipto e hortelã-pimenta e valeriana e alcaçuz e moringa e trevo vermelho, todo o tratamento de que ele precisava estava em sua própria estufa, só a botânica iria ajudá-lo, Faça um tratamento de verdade, pediu Dália, e mais dez orquídeas murcharam com aquele insulto, e de repente a cozinha estava cheia de plantas mortas.

Você vai morrer, disse Dália.

Vou morrer quando meu ciclo estiver concluído, disse Jacques.

Eu estou grávida, disse Dália. Você nunca irá conhecê-lo se levar isso adiante.

Eu te amo, mas você não entende, disse um deles.

Todas as paredes desabaram quando Dália virou as costas e foi embora. Jacques não a seguiu, foi a última vez que estiveram juntos naquela casa, ela era firme demais para tolerar uma renúncia como aquela, os cogumelos apodreceram e choveu por duas semanas sem parar, dentro e fora da estufa, todas as ligações caíram na caixa postal, todas as visitas foram censuradas e todas as cartas viraram silêncios.

Demorou nove anos, mas assim como todos os outros, este ciclo também se encerrou. Se encerrou no momento em que Oliver tocou a campainha, e trezentas orquídeas desabrocharam de uma só vez, e as condições de vida se tornaram ideais, tudo foi colocado no lugar, não havia momentos tristes e nem felizes, havia apenas etapas, e todas elas preparavam Jacques para aquilo, todas elas o preparavam para a chegada de Oliver com suas chuteiras limpas e o envelope nas mãos.

Jacques compreendia que todos os lugares de origem são frutos de ficção, e embora ansiasse pelo retorno de Dália à casa, aos jardins, a ele, sabia bem que aquele lugar existia apenas em uma memória, não era mais real do que pétalas de plástico, porque ele não era mais o mesmo, a casa não era mais a mesma, nem os jardins, nem Dália, nem as orquídeas.

Existe uma rachadura em tudo, e é assim que a luz entra, dizia um poema de que ele gostava, e isso lhe bastava.

E então não havia brigas em festas de aniversário, e não havia guerras, e não havia flores murchando, não havia verdades absolutas e nem começos universais, não havia paredes que pudessem desabar, garrafas quebrando, páginas sendo rasgadas, geleiras, sementes que não germinassem, calêndulas mortas, doenças, não havia funerais vazios e nem esquecimento, não havia armas, fracassos, cartas sem resposta e nem solidão.

Havia luz entrando pelas rachaduras e pelas janelas, campainhas soando, flores nascendo, havia pinturas pelas paredes e fotografias coladas em álbuns, e recortes de jornais antigos, havia novas espécies crescendo em estufas e em montanhas, pessoas cruzando portas às dezesseis horas e doze minutos, havia lírios, calêndulas e eucaliptos, e os apitos das chaleiras, e os jardins e os pomares, havia entendimento por toda a extensão dos corpos, amantes correndo lado a lado, praias monocromáticas, envelopes sendo encontrados, e havia ciência e música e escultura, e orquídeas negras, e havia arte, e havia mais um ciclo se concluindo.

# 7

Jacques morreu em uma quarta-feira. Foi encontrado por uma vizinha que, acostumada a passar as tardes observando-o cuidar do jardim, estranhou sua ausência e decidiu conferir se estava tudo bem. Encontrou o sr. Miller sentado dentro da estufa, o corpo já sem vida, rodeado de orquídeas vermelhas recém-desabrochadas.

Um telefonema breve do agente funerário da família Miller informou a Eric o local e horário da cerimônia. Ele assistia a *O jardim das cerejeiras* ao lado da mãe quando recebeu a ligação. Quarenta minutos mais tarde, Eric descia do metrô com sapatos lustrosos e terno preto alugado, carregando uma pasta surrada em uma das mãos, e começava a se misturar entre senhores grisalhos na capela do cemitério municipal.

Eric tentou ser discreto enquanto revezava apertos de mão e tapinhas nas costas, tentando não chamar atenção para si. Parou junto a um grupo de senhores com idade por volta dos setenta, mas ponderou que não estava sendo muito inteligente, então foi cumprimentar alguns jovens que estavam fumando do lado de fora, mas precisou se esquivar sorrateiro quando o assunto começou a ficar perigosamente pessoal. Ninguém perguntou quem ele era, o que o decepcionou um pouco, já que vinha praticando a história há dias. Só para não desperdiçar todo o preparo, fez questão de chamar algumas pessoas pelo nome, e chegou a travar uma conversa bastante interessante sobre taxonomia vegetal com o professor Antero.

Sentado em um banco de cimento do lado de fora da capela, Eric dialogou brevemente com um homem de olhos azuis e gentis, envoltos por um par de óculos de aro de tartaruga, que disse estudar plantas há mais de cinquenta anos e nem uma única vez ter pensado em desistir, nem mesmo quando elas murchavam e secavam e encolhiam. Aquilo era uma vida vida.

Enquanto olhava em volta e tentava se camuflar entre botânicos entristecidos, Eric percebeu três coisas, quase ao mesmo tempo. A primeira foi que aquela era uma sala cheia cheia. Havia tantos grupos discrepantes de pessoas, de tantas idades, aparências e olhares diferentes, que Jacques não acreditaria se lhe contassem. Do lado direito da capela, estava um grupo de botânicos muito jovens, pupilos da Academia; nos fundos, a turma de latim que Jacques havia frequentado anos atrás; à esquerda, senhores que pareciam se conhecer há mais de meio século. Parada junto à porta, estava Isabel, que Eric reconheceu imediatamente por causa das fotografias, e outros familiares menos protagonistas, mas que também tinham seus rostos colados na árvore genealógica dos Miller. Andando pelos corredores furtivamente havia uma meia dúzia de repórteres, e andando ainda mais furtivamente havia Caterine, de vestido e luvas pretas, carregando um peixe-zebra em um saco plástico e lançando a Eric olhares encorajadores.

A segunda coisa que Eric percebeu foi que não estava atuando. Ele se sentia genuinamente soturno pelo falecimento do sr. Miller, e a cada vez que prestava suas condolências a alguém, aquele pesar se acentuava. E a terceira, e possivelmente mais estranha de todas as coisas que Eric percebeu, foi que ele havia mentalizado as ilustrações de *Onde está Wally?* tantas vezes que o universo acabou por transformá-lo em personagem. Ele era, afinal, um homem tentando se camuflar entre elementos distintos, torcendo para que ninguém o encontrasse enquanto se esforçava para virar paisagem. Aquela era a edição inédita pela qual ele e seu pai tanto haviam procurado, e era uma tentativa silenciosa de se tornar invisível em meio àquelas figuras autênticas, esperando para cumprir o papel que lhe havia sido destinado.

*Um botânico de meia idade apoiado em sua bengala. Uma repórter com um bloco de notas nas mãos. Uma atriz de cabelos ruivos tocando o braço de um desconhecido. Lírios amarrados em buquês. Uma lâmpada tubular fluorescente. Um homem de barba e cabelos longos. Uma mulher de vestido de seda azul a soluçar. Um arranjo de orquídeas do tamanho de um barco de pesca.*

E então ele a viu. Segurando a mão de um garotinho de cabelos claros, próxima à porta de saída, Dália Miller conversava com um homem cujo rosto Eric não conseguia enxergar. Ela tinha os cabelos presos no topo da cabeça e assentia enquanto o homem falava. Eric deu um passo em direção a ela, sentindo o estômago dobrar, depois fez meia volta e se misturou a um grupo de universitários.

\*\*\*

O agente funerário que havia telefonado a Eric, senhor Jorge Lee, proferiu algumas palavras sobre o pesar daquele dia e agradeceu a todos que haviam comparecido para expressar seu carinho à família Miller. Depois, disse que fora avisado de que um amigo próximo a Jacques havia preparado um discurso para a ocasião, e pediu silêncio para que todos pudessem ouvir. Eric começou a atuar pela primeira vez no dia.

Ele andou devagar até a frente da capela, onde podia enxergar todos aqueles grupos miscigenados de uma só vez, e tirou um papel dobrado do bolso da calça. Imaginou seu pai fazendo um grande círculo ao redor da sua cabeça, Veja, Eric, aqui está Wally. Não foi tão difícil, foi?

Um certo burburinho entre os botânicos mais jovens sugeria que, àquela altura, Eric já havia sido desmascarado. Ou talvez fosse só sua imaginação. Ele olhou em volta uma única vez antes de começar a falar. Identificou Caterine fazendo sinal de positivo com o polegar na última fileira, e Dália olhando para frente com atenção, e foi o que bastou.

Muitos de vocês não me conhecem, ele disse depois de pigarrear. Sentiu o sarcasmo daquela introdução esmagar seus ombros. Meu nome é Eric Carter, e eu adoraria dizer que sou um velho amigo de Jacques, mas, na verdade, o conheci por menos tempo do que gostaria.

Durante estas últimas semanas, entretanto, tive o prazer de conviver, ou melhor, coexistir, com o homem por trás de tantos feitos geniais na área da ciência. Ele era um botânico botânico, e estou agradecido ao universo pela oportunidade de termos cruzado nossos caminhos, ainda que lamentavelmente perto do fim.

Se devo ou não compartilhar isso com vocês, eu não saberia dizer, mas a verdade é que, em seus últimos dias, Jacques lutava para evitar que a obra de sua vida caísse no esquecimento. Ele pediu explicitamente que eu usasse esta ocasião para salvar aquilo que era mais importante para ele, e é para isso que estou aqui hoje.

Eric abriu o papel em suas mãos. A caligrafia de Jacques era fina e distante, como se o próprio texto soubesse, desde o início, de que seu propósito seria servir como memória póstuma, quando o conteúdo não mais importaria, mas sim a ocasião na qual ele era lido.

*Querida Dália,*

*Sua mãe e eu saímos para comprar tinta para o portão da frente, você estava dormindo e não quisemos acordá-la, espero que encontre este bilhete a tempo de não se preocupar.*

*Sei que está chateada com as brigas que tivemos nos últimos dias, e com os crisântemos que acabaram morrendo. As condições de solo não eram ideais e as adversidades do tempo às vezes vencem, em ambos os casos. Um dia, teremos nossa própria estufa e poderemos cultivar tudo o que você desejar.*

*Gostaria de dizer que nunca mais vamos brigar, mas não acredito que seja verdade. E está tudo bem. Como já lhe disse tantas vezes, as orquídeas germinam em ciclos, e mesmo quando seus botões estão fechados, há algo bonito prestes a suceder. Ainda que você seja fruto de mim, não irá entender muitas das minhas escolhas, e nem por isso deixaremos de compartilhar nossas raízes.*

*Também não vou dizer que sua vida será fácil. A vida é difícil, e complicada, e está além do controle de qualquer um. Mais uma vez, está tudo bem. Você sempre terá meu apoio para encontrar seus próprios começos, meios e fins; suas chegadas e despedidas, seus discursos e silêncios.*

*Quando eu e sua mãe éramos crianças, decidimos dividir o mundo: ela ficou com os rios, lagos e oceanos; eu com as plantas e as montanhas. Elas são suas agora, para fazer o que quiser. Todas as cordilheiras e todas as flores do mundo; nunca pensei que ofereceria a alguém, mas é o que venho a oferecer a você.*

*Que sorte a minha.*

\*\*\*

Espécies de plantas raras foram entrelaçadas pelos caules para formar um volumoso cobertor natural e envolver o corpo de Jacques. Uma homenagem solene tomou ao menos três rotações de ponteiro e manteve todos absortos à perspectiva científica da perda, como acontece ao falecimento dos grandes intelectos. A família Miller autorizou que toda forma de vida preservada na estufa particular de Jacques fosse doada para laboratórios locais, contribuindo substancialmente para os recursos de pesquisa da Cidade.

Caterine desapareceu sem se despedir assim que o discurso de Eric terminou, considerando que aquela tarefa estava concluída e que sua presença ali apenas perturbaria a ordem natural das coisas. Pouco a pouco, os espaços no salão foram se tornando mais largos, e as pausas se tornaram tão audíveis quanto os próprios diálogos. Eric esperou até que a maior parte da família Miller fosse embora para se aproximar de Dália. Quando o fez, chamou-a pelo nome.

Quem é você? Por que estava com aquele bilhete?. Ela segurava o garotinho de cabelos claros pelo braço.

Seu pai queria que eu lhe pedisse desculpas. Ele pensou que você não viria.

Como soube que eu viria?

Imaginei que você iria querer dizer adeus.

Um sino tocou no alto da capela e fez as paredes vibrarem.

Ele me deu as flores.

E as montanhas.

Ficaram em silêncio.

Você era a única coisa que importava. Ele lhe deu todas as flores.

Eric abriu a pasta surrada que carregava nas mãos e tirou de seu interior a pilha de papéis furtada da gaveta de Jacques. Entregou a Dália. Depois puxou uma lata enferrujada de café e entregou ao garotinho de cabelos claros.

Isso pertence a vocês.

O peso dos papéis fez com que a musculatura dos antebraços de Dália contraísse. Árvores mortas em tons de branco e amarelo deteriorado ativaram seu sistema nervoso. Ela desceu os olhos até o papel no topo da pilha e rotacionou levemente a cabeça para conseguir ler.

*Demorei muitos anos para juntar as palavras certas e fazer com que compreendesse. Nem sei se irá compreender, mesmo agora, que já estou morto e nossos desentendimentos fazem parte de um mundo que não mais existe. Um mundo em que você e eu sonhávamos escalar montanhas e encontrar novas espécies, você as encontraria e eu as cultivaria, e seríamos assim, uma dupla, um pai e uma filha, seríamos assim.*

Dália lia em voz alta como se estivesse sozinha. Deu uma boa olhada na pilha; havia centenas de papéis. Alguns continham apenas uma frase, outros eram parte de um conjunto de dezenas de páginas ininterruptas. Um papel pequeno trazia a palavra "casa" escrita isoladamente, o mais solitário de todos os lares. E um papel espesso reunia recortes de jornais com manchetes circuladas em vermelho.

Preciso ir embora, disse Dália, segurando a pilha com ambas as mãos. Travou o passo a caminho da porta, tornou a se virar na direção de Eric e disse: Obrigada.

Dália colocou Oliver no banco de trás do carro e prendeu a pilha de papéis no assento de passageiro. Deu partida como se soubesse onde ia, mas não sabia. Dirigiu por quase uma hora sem dizer nada, sem chegar a lugar algum.

Oliver se deu conta de que ainda apertava a lata de café nas mãos e removeu a tampa com cuidado, só para o caso de haver algum objeto perigoso lá dentro. Ele sabia que não devia aceitar presentes de estranhos, mas como sua mãe também havia ganhado um, achou que podia abrir uma exceção. Oliver espiou dentro do pote e retirou o conteúdo delicado com as mãos. Sabia muito bem o que era aquilo. Ele acariciou a orquídea negra em seus dedos pequenos e fechou os olhos, os silêncios preenchendo sua mente e todos os ciclos recomeçaram.

Mãe, disse Oliver. Preciso contar uma coisa.

Está bem, ela disse, perturbada ao se dar conta de que não estava sozinha.

Oliver fez uma pausa olhando para a janela.

Eu conhecia o vovô. Eu o visitava todas as terças-feiras, em vez de ir ao treino de futebol.

Uma curva os colocou a caminho da praia monocromática onde a família Miller costumava passar as férias.

Sei disso.

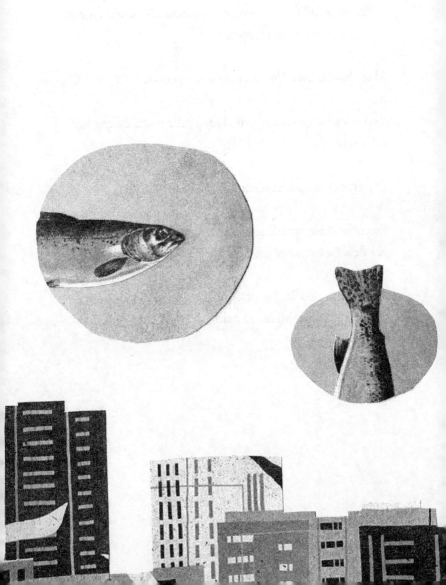

havia uma época em que Caterine pensava muito em
peixes
achava que era difícil enxergarem alguma coisa com os
olhos cheios de água

sabia que alguns peixes oscilavam na profundidade do
aquário porque buscavam a beleza dos espaços inabita-
dos    (e subiam e desciam e subiam e desciam)

tinham natureza inquieta

Caterine procurava se livrar do tédio de muitas formas e
estava prestes a experimentar mais uma, quando articu-
lou palavras instintivas ao fim de uma peça sem roteiro,
tateando pela dramaturgia do improviso e ocupando sua
cabeça com pensamentos inusitados    gostava da poéti-
ca do erro

ela contracenava com dois homens, um jovem e um velho; e soube logo de cara a que altura do aquário cada
um deles nadava    e o encerramento daquele ato atingiu
a mente de Caterine como um raio, ela sabia exatamente quais palavras precisavam ser ditas, enxergava todo o
propósito e toda a amplitude daquela tarefa, tinha a mais

absoluta certeza de cada letra e de cada vírgula e de cada silêncio que iria compor o discurso

no mais, estava convencida de que encerramentos excessivamente teatrais eram superestimados em comparação aos sutis desfechos cíclicos que sopram melancolia às coisas despercebidas

com todo respeito à rainha

# posfácio
se é que há alguma coisa após o fim

*por Julie Fank*

que a insurreição contra os começos triunfais seja um dos milhares motivos do azedume de Jacques Miller também não é bisbilhotice para as poucas pessoas que ele cultivou por perto. "Começos universais não são nada além de uma grande tolice", nos conta o protagonista, lá pelas tantas. e por que mesmo ele nos alertaria no início? não é ele, claro, que dá o primeiro pontapé - existe uma ordem, com a ambiguidade que essa palavra carrega, um mate a rainha, vindo de Caterine, a atriz contratada. pudera, ele não acredita em páginas em branco e trata a Ciência com letra maiúscula. e a Ciência nunca soube mesmo explicar o início de tudo à altura dos mitos de criação, tão mais vendáveis como narrativa. e se é tudo eco, é inevitável o acordo invisível entre o pequeno Oliver e o pequeno Oskar Schell, de Safran Foer, a baterem às portas de estranhos em busca de respostas sobre os segredos de sua família. não é de todo imprevisível que toda linhagem genealógica guarde cartas interrompidas, mensagens não enviadas, e-mails abandonados nas caixas de saída e telefonemas encaminhados diretamente para a caixa postal. muito menos imprevisível é que a palavra não seja suficiente, que a falta de destreza para a escrita trave o escritor iniciante e que só nos reste esconder os rascunhos e papéis amassados dos outros na mochila antes de quase desistir. uma escritora escritora sabe disso e é justamente por isso que, antes de desistir, se certifica de que deu uma boa olhada nas estantes ao seu redor. tal qual Eric, Flávia fez a tarefa de casa muito antes de estarmos trancados junto às nossas próprias bibliotecas escasseando os sinônimos para as palavras vida e morte. à beira de mais um ano com funerais também interrompidos, nos faltam palavras palavras e só se fala em morte morte. um livro que trate disso sem pudores e que tenha duplamente a palavra vida em seu título tem algo a nos sussurrar.

se escavássemos um pouco as caixas de inventários e catálogos deste personagem, um botânico de 80 anos que encomenda atores para o próprio funeral com medo de não ter perpetuada sua memória dentro da narrativa científica por pura falta de popularidade, encontraríamos, quem sabe, um dicionário analógico com centenas de grifos. fosse um linguista, teria certamente notado os

227 verbetes que há no verbete começo em contraposição aos 166 verbetes que há no verbete fim e aos míseros 56 que há no verbete meio. notaria que as palavras não rareiam ao final e sim no decorrer. teria notado também que seu desprezo contra a capitular ou a ordem alfabética equivale aos destaque que se dá aos verbetes continuidade, descontinuidade e termo. e no termo termo, lá estão os verbos pronominais classificar-se, enfileirar-se e colocar-se, tal qual faz protagonista em sua própria vida. como um artigo acadêmico, ele também precisa de conclusões nítidas à altura do que fez em seu durante nada breve. um pouco adiante, na categoria matéria orgânica, encontraríamos os verbetes vida e morte, intercalados pelos verbetes organização e não organização. e se ele pouco sabe sobre dicionários, apesar de venerar a língua morta, mais por força do hábito do que uma paixão pelo latim, tampouco nós, leitores, sabemos sobre a matéria orgânica que, diferentemente de seus queridos, Jacques cultiva tão bem.

acontece que pra ele se escolheu a botânica. no vértice do mundo que construiu Flávia, operam, em uma coreografia digna de um protagonista autocentrado, uma doença, uma trajetória acadêmica invejável e uma falta de autoindulgência que dão matéria suficiente para que ele resolva preparar o próprio enterro. some-se a essa equação, uma estufa repleta orquídeas raras, uma alpinista que não tem medo da morte e uma carpideira e um carpideiro pós-modernos cientes de que o espaço e o tempo da arte estejam sendo ditados pelas urgências do capitalismo e conformados com sua coadjuvância. todos esses componentes nos lembram o peixe feito balão de gás hélio que o homem segura enquanto observa a praia, uma das camadas do texto em recorte, uma colagem das muitas também artesanadas pela Flávia. nestes tempos, as barbatanas são o que resta a quem escreve. é necessário saber a que altura do aquário estamos e entender que é água o que nos envolve. tal qual a heroína da fábula ecológica de Neil Gaiman, Flávia dá novas cores à Orquídea Negra mesmo sem se render a uma protagonista feminina ou a uma heroína, um ponto com nó em terra que tudo dá, ao som de The xx, Lorde e Frank Ocean. não é como se os mecanismos norte-americanos regessem sua história. a despeito de todos os ecos cinematográficos ingênuos que parte de sua geração reproduz, Flávia tinge das cores mais melancólicas esse avô que poderia ser o nosso, essa Dália que poderíamos ser a gente, esse Eric que poderia ser o artista, essa Caterine que é a própria autora, rebelde à maiúscula e ao espaçamento de sempre. tudo isso numa narrativa que, por algum tempo ainda, será o que nos resta, independentemente de quantos anos nos separam do fim: o medo de que a nossa memória suma como um personagem num cenário de Onde está Wally?.

não é inédito que a morte guarde segredos e que as narrativas se valham disso. como canta Lauryn Hill, Flávia dedilha nossas dores com suas palavras e tem "a mais absoluta certeza de cada [...] silêncio que iria compor o discurso". ao fazer isso, nos lembra que a ficção, ainda que não dê conta de dar conta da vida vida, ainda é capaz de nos lembrar, com todo respeito à morte, que os discursos ensaiados são dispensáveis. até porque são as flores e as montanhas que guardam os segredos segredos que valem a vida.

Julie Fank é escritora, artista visual e professora.
ela viu este texto texto nascer.

# Sobre a autora

Flávia Farhat é jornalista, escritora e colagista. Nasceu em Curitiba em 1995. Na Esc. Escola de Escrita, fez Escrita Criativa e Outras Artes, Oficina de Romance e Aperfeiçoamento Linguístico-Textual. Entre outros cursos livres, também estudou Roteiro para Cinema e TV. Já atuou como colunista cultural, redatora e revisora de textos jornalísticos e literários. Atualmente, mora em Portugal e é mestranda no curso de Edição de Texto da Universidade Nova de Lisboa.

Este livro foi produzido no Laboratório Gráfico
Arte & Letra, com impressão em risografia
e encadernação manual.